Baby Led Weaning

Das umfassende Baby Kochbuch zur neuen Baby Ernährung mit vielen Tipps und leckeren, schnellen und einfachen BLW Rezepten

Das Beikost und breifrei Kochbuch für die ganze Familie

Inhaltsverzeichnis

Vorwort 9

Was ist Baby led Weaning? 12

Warum ist Baby led Weaning gut für Ihr Kind? 14

Sorgenfrei ins Baby led Weaning 17

Wie lange dauert das Abstillen mit Baby led Weaning? 19

Wie fangen Sie mit Baby led Weaning an? 21

Wie oft am Tag soll Ihr Baby essen? 23

Welche Nahrungsmittel eignen sich für Ihr Baby? 25

Welche Nahrungsmittel sollten Sie vermeiden? 26

Essen mit Besteck 27

Wie bleibt Ihr Baby sicher? 29

Tipps und Tricks 31

***Rezepte* 33**

Frühstück 34

Knusprige French Toast Stäbchen 35

Gebackene Milchreisschnitten mit frischem Obst 37

Dinkelgrießschnitten mit gedünsteten Äpfeln 39

Weiche Avocadobrötchen 41
Leckeres Rührei mit frisch geschnittenem Apfel und Toast-Stäbchen 43
Gekochtes Ei mit cremigem Joghurt und Blaubeeren 45
Knusprige Toast-Stäbchen mit Avocado-Creme 47
Knusprige Toast-Stäbchen mit Ei-Dotter und frischer Paprika 49
Leckere Bananen-Haferflocken-Pfannkuchen 51
Einfache Blaubeer-Pancakes 53
Weiche Muffins mit Rahmspinat und Käse 55
Süße Himbeer-Muffins 57

Hauptmahlzeiten **59**

Cremige Avocado-Penne mit Parmesantalern 60
Leckere Spaghetti mit Garnelen und Tomaten 62
Cremige One-Pot-Kürbis-Penne 64
Würzige Kürbisspätzle in Curry-Butter 66
Leckerer Bärlauchschmarrn mit gedünstetem Kohlrabi 68
Leckerer Kartoffelgratin ohne Sahne 70
Schnelle Brokkoli-Mais-Taler mit Schmand 72
Orientalische Couscous-Bratlinge 74
Leckere Hackbällchen mit Kürbis und Tomatensauce 76

Einfacher One-Pot Bulgur-Süßkartoffel-Topf mit Avocado 78
Frischer Couscous-Salat mit buntem Gemüse 80
Leckeres Lauch-Trauben-Risotto 82

Snacks **84**

Saftige Banane-Nuss Müslikekse 85
Zuckerfreie Apfelmus-Haferflocken-Kekse 87
Knusprige Kekse mit Apfelsaft und Haselnüssen 89
Leckere Zucchinikekse mit Beeren 91
Fruchtige Bananen-Feigen-Müsliriegel 93
Knusprige Leinsamencracker 95
Leckere Apfelringe mit Mandelmus und Rosinen 97
Weiche Apfelwölkchen 99
Leckere Hafer-Bananen-Stangen 101
Knusprige Gemüsestangen 103
Leckere Dinkelstangen mit Apfel und Banane 105
Köstliche Brokkoli-Couscous-Kugeln 107
Schnelle Kern-Bites 109

Süßes 111

Selbstgemachtes Bananeneis ohne Eismaschine 112
Cremiges Blaubeer-Joghurt-Eis am Stiel 114
Weiche Beerenschnecken ohne Zucker 116
Fruchtige Erdbeer-Kokos-Scones 118
Süße Hirsebällchen 120
Weiche Kokos-Waffeln 122
Weiche Quarkkeulchen mit Apfelmus 124
Leckere Pfirsich-Pfannkuchen 126
Zuckerfreie Möhrenhörnchen 128
Warmer Pfirsich mit Muskatnuss 130
Gebackene Zimt-Birnen 132
Leckerer Kokosnuss-Beeren-Pudding mit Chiasamen 134
Zuckerfreie Apfeltaschen 136

Vorwort

Das Baby led Weaning Kochbuch eignet sich für alle Eltern, die ihr Baby so früh wie möglich in den Genuss von harmonischem Familienessen und leckerer, gesunder Ernährung einführen wollen. Mit diesem Buch werden Sie lernen sowohl einfache als auch nahrhafte Mahlzeiten zu kochen, damit Ihr Sprössling mit Ihnen zusammen am Tisch sitzen und das essen kann, was auch alle anderen am Tisch essen.

Die ersten Erfahrungen Ihres Babys mit fester Nahrung wird alles andere als klassisch: Denn das Essen wird nicht püriert und auch muss das Baby nicht mit einem Löffel gefüttert werden. Stattdessen entscheidet Ihr Nachwuchs selbst, welche Lebensmittel es probieren möchte. Diese natürliche Herangehensweise Ihrem Baby feste Nahrung näherzubringen ist einzigartig und besonders interessant für Ihr wissbegieriges Kind: Es spürt jedes für ihn interessante Stück Essen in der Hand, riecht daran, entdeckt seine bunten Farben, schmeckt es und lernt - allmählich - es richtig zu essen.
Baby led Weaning ist einfach, angenehm und stressfrei für die ganze Familie. Diese Art und Weise des „Fütterns“ ist Teil der natürlichen Entwicklung Ihres Babys und gibt ihm die Möglichkeit, ganz selbstständig neue Fähigkeiten zu erlernen und sein Selbstbewusstsein mit jedem Mal weiter auszubauen.

Des Weiteren profitieren Sie, als Mutter oder Vater, enorm vom Teilen Ihrer eigenen Mahlzeiten mit Ihrem Baby. Es ist deutlich schneller als die Zubereitung von Breien und günstiger als der Kauf von fertig pürierter Babynahrung. Außerdem macht es viel mehr Spaß – Ihnen und Ihrem Baby.

Dieses Buch ist nicht voll von "Fingerfood", in Smiley-Formen geschnittenen Lebensmitteln oder verstecktem Gemüse, um Ihr Baby zum Essen zu „überreden"; alle Rezepte - mit ihrer reichen Vielfalt an Geschmack und verschiedenen Texturen – eignen sich hervorragend für Ihren Nachwuchs, auch wenn es gerade erst damit anfängt feste Nahrung zu essen. Die Gerichte sind einfach zuzubereiten, schmecken Ihnen und Ihrem Baby und sind obendrein noch sehr nahrhaft, um die gesunde Entwicklung Ihres Kindes zu unterstützen. Diese Rezepte haben sich schon in vielen Familien bewährt und funktionieren sowohl für Sie als Erwachsenen, als auch für Ihr Baby. Der Fantasie sind keine Grenzen gesetzt und es gibt so gut wie keine Mahlzeiten, die Sie nicht als Familie mit Ihrem Baby teilen und gemeinsam genießen können.
Ob Sie nun zum ersten Mal den Kochlöffel schwingen oder aber bereits erfahren in der Küche sind – Diese Rezepte sind sehr leicht zu befolgen und bieten auch den Experten unter Ihnen viele Inspirationen, wie Sie für sich und Ihren Nachwuchs großartige Mahlzeiten zubereiten können. Alle Gerichte sind optimal an das Baby led Weaning Konzept angepasst und werden Sie dabei unterstützen, Ihr Kind so natürlich wie möglich in

die Welt der festen Nahrung einzuführen.

Mit diesem Buch wollen wir Ihnen das Selbstvertrauen schenken, mit welchem Sie köstliche Mahlzeiten ganz nach dem Prinzip des Baby led Weanings zuzubereiten können. Genießen Sie gemeinsam das frisch zubereitete Essen und erfreuen Sie sich an der Begeisterung Ihres Babys an den bunten Farben und den herrlich duftenden Aromen. Machen Sie das Familienessen letztendlich zu dem was es sein sollte: Einem harmonischen Beisammensein und dem gemeinsamen Genuss von selbstgekochtem Essen.

Was ist Baby led Weaning?

Baby led Weaning oder kurz BLW bezeichnet eine bestimmte Herangehensweise sein Baby an feste Nahrung zu gewöhnen. Mit BLW sollen Babys lernen ganz selbstständig zu essen, ohne es mit pürierter Nahrung oder mit dem Löffel zu füttern. Gemeinsam mit der Familie am Tisch, isst Ihr Kind das, was auch Sie essen. Zuerst mit den Händen und wenn es dazu bereit ist, auch mit Besteck. Diese Art und Weise der Beteiligung des Babys am Familienessen ermöglicht es dem Kind die Textur, die Farbe, den Geruch und Geschmack eines Lebensmittel ganz selbstständig zu entdecken. Auf diese Weise fördert es die Unabhängigkeit Ihres Kindes und stärkt sogar sein Selbstvertrauen. Aber auch die Hand-Augen-Koordination und die Fähigkeit des Kauens wird dabei hervorragend trainiert. Kurz gesagt ist Baby led Weaning eine vom Baby gesteuerte Beikosteinführung, bei der das Baby oft breifreie Nahrung angeboten wird und es ganz eigenständig entscheiden kann, was es am Familientisch es essen möchte. Babys, welche mit dem Baby led Weaning an feste Nahrung herangeführt werden, neigen statistisch gesehen weniger dazu ein wählerisches Essverhalten zu entwickeln und der Kampf ums Essen wird unwahrscheinlicher.

Auch Ihr Baby kann bereits ab dem sechsten Monat damit anfangen eigenständig zu essen, sobald Sie ihm nur die Gelegenheit dazu geben.

Warum ist Baby led Weaning gut für Ihr Kind?

Das Konzept des Baby led Weanings ist an die normale Entwicklung von Babys im ersten Lebensjahr angelehnt. Da das Immun- und Verdauungssystems von Säuglingen unter sechs Monaten noch nicht bereit für feste Nahrung ist, ist Muttermilch oder Säuglingsnahrung aus dem Fachgeschäft alles, was Babys für eine gesunde Entwicklung benötigt.
Im Alter von drei bis vier Monaten geben viele Eltern ihren Kindern Nahrung in Form von Breien, um Sie an Lebensmittel zu gewöhnen. Ist Ihr Baby bereits sechs Monate alt oder aber auch schon älter, ist es in der Lage selbstständig zu sitzen, kleine Essensstücke in die Hand zu nehmen, zum Mund zu führen und zu kauen. So können Babys sich ganz ohne Hilfe der Mutter oder des Vaters selbst essen und müssen nicht mit dem Löffel gefüttert werden.
Sie müssen also nicht zwangsweise das Baby im Alter von drei bis vier Monaten mit Brei füttern; Vielmehr können Sie die Breiphase vollständig überspringen und dem Kind ab dem sechsten Monat direkt feste Lebensmittel zum Essen geben.

Das Baby led Weaning ermöglicht Ihrem Baby alle neuen, festen Nahrungsmittel ganz selbstständig zu erkunden. Diese Möglichkeit macht es dem Baby auch für seine Zukunft als Kleinkind einfacher, mit allen möglichen Nahrungsstrukturen zurechtzukommen. Viele Eltern, welche das Baby led Weaning schon erfolgreich bei Ihren Babys anwenden sind begeistert davon, dass Ihre Kinder ganz selbstständig zu allem greifen, was sie interessiert oder was sie essen möchten. Oft hilft das den Erwachsenen dabei, das Baby leichter auf feste Nahrung zu gewöhnen und von der Muttermilch abzugewöhnen, da diese sich bereits mit den verschiedensten Lebensmitteln in ihren unterschiedlichen Formen und Geschmäckern vertraut gemacht haben. Der Prozess des Abstillens erfolgt allmählich und ebbt natürlich ab.

Mit dem Baby led Weaning lernt ein Kind bereits von klein auf wie viel Essen es braucht, um optimal gesättigt zu sein. Das kann sich sehr positiv auf das spätere Gewicht auswirken und Übergewicht vorbeugen. Außerdem trainiert das Baby ganz nebenbei bereits die Fähigkeit zur Koordination und Motorik und lernt das Kauen.

Es gibt sogar Studien welche belegen, dass Kinder, welche mit Hilfe des Baby led Weanings zu fester Nahrung gekommen sind, bereits in einem sehr jungen Entwicklungsstadium bereit sind eine große Auswahl an verschiedenen Nahrungsmitteln zu essen. Außerdem nehmen sie viel lieber an gemeinsamen Mahlzeiten teil und sind währenddessen weniger quengelig.

Ist Ihr Baby dazu bereit, geben Sie ihm so früh wie möglich weiche Lebensmittel, welche es gut kauen kann. Ältere Kinder, welche erst ab 10 Monaten an feste Konsistenzen gewöhnt werden sollen, lehnen es statistisch gesehen häufiger ab und sind weniger dazu bereit, neue Texturen und Geschmacksrichtungen auszuprobieren.

Sorgenfrei ins Baby led Weaning

Viele Eltern befürchten, dass ihr Kind bei dem Versuch feste Lebensmittel zu essen, sich verschlucken und ersticken könnten. In der Vergangenheit zu Beginn der Empfehlung der Beikost, wurde geraten dem Kind im Alter von sechs Monaten bereits Finger Food anzubieten, damit es dem Baby leichter fällt die Kaufähigkeit zu erlernen und auszubauen. Mit dem Baby led Weaning sollen Kinder jedoch selbstständig essen und nicht nur gefüttert werden. Werden jedoch die grundlegenden Sicherheitsregeln beachtet, so ist das Verschlucken nicht wahrscheinlicher als bei der konventionellen Methode des Fütterns, wenn es um das Näherbringen von fester Nahrung geht. Dass das Baby lernt zu kontrollieren was in seinen Mund gelangt, unterstützt es sogar dabei zu lernen, wie es sicher essen kann, ohne sich zu verschlucken.

Von einer konventionellen Methode des Fütterns abzuweichen stößt oft auf Widerspruch bei anderen Menschen. Wird einem Kind Brei als Beikost gegeben, so gibt es bereits feste Pläne, genormte Mengen- und Nährstoffangaben, um sicherzustellen, dass das Kind ausreichend versorgt ist. Schnell kann daraus der Eindruck entstehen, dass es nur diese eine Möglichkeit gibt, wie das Baby zu jeder Uhrzeit tagein, tagaus optimal versorgt und nicht hungrig ist. Aus diesem

Grund befürchten viele Eltern, dass Ihr Kind mit der Baby led Weaning Methode zu wenig essen und nicht ausreichend mit wichtigen Nährstoffen versorgt werden. In der Realität jedoch sind auch Babys genauso unterschiedlich wie erwachsene Menschen: Das Hunger- bzw. Sättigungsgefühl ist von Säugling zu Säugling individuell, weshalb kein Plan genau vorhersagen kann, wie viel Gramm Brei für Ihr Baby genau richtig ist.
Besonders der Anfang der Baby led Weaning Methode kann eine Geduldsprobe für die Eltern darstellen, da man versucht einzuschätzen wie viel Essen tatsächlich im Magen gelandet ist und ob es denn ausreicht. Da Baby led Weaning Babys jedoch weiterhin nach Bedarf gestillt werden oder die Flasche bekommen, sind jegliche Bedenken über einen Nahrungsmangel überflüssig.

Wie lange dauert das Abstillen mit Baby led Weaning?

Wie auch Erwachsene Menschen, unterscheiden sich auch alle Babys und Kleinkinder in Ihrem Verhalten und Charakter. So ist es schwierig eine genaue Prognose über die genaue Abstillzeit festzulegen, da die Kinder meist selbst bestimmen, wann Sie sich von der Brust entwöhnen möchten. Im ersten Lebensjahr Ihres Kindes sollte, laut Empfehlung der WHO, die Muttermilch das Hauptnahrungsmittel bleiben, auch wenn es bereits am Familientisch sitzt und kleine Portionen mitisst. Wann genau sich ein Kind dazu entschließt nicht mehr an die Brust zu wollen kann man nicht vorhersehen. Das Stillen bzw. das Trinken der Milch bedeutet für das Kind nicht nur essen. Vielmehr genießt es auch die gemeinsame Kuschelzeit und Nähe des Elternteils und das kann mitunter ein Grund dafür sein, dass das Kind auch länger zur Entwöhnung braucht.
Mit dem Baby led Weaning gestaltet sich der Prozess der Entwöhnung deutlich natürlicher: Denn auch beim Trinken der Muttermilch bestimmt das Kind die genaue Menge, die es trinken möchte, indem es bei Hunger saugt und bei Sättigung aufhört zu saugen. Mit dem Baby led Weaning verknüpfen Sie diese Fertigkeiten mit fester Nahrung, sodass sich das Abstillen auch für das Baby so natürlich und angenehm wie möglich anfühlt.

Wie fangen Sie mit Baby led Weaning an?

Um mit dem Baby led Weaning anzufangen bedarf es keiner großen Vorbereitung. Das Kind sollte lediglich selbstständig sitzen können und mindestens sechs Monate alt sein.

- Zunächst setzen Sie Ihr Baby aufrecht auf dem Schoß oder in einen Hochstuhl, damit es zum Tisch schauen kann. Das Baby sollte stabil sitzen und beide Hände und Arme frei bewegen können, damit es die Lebensmittel auch ohne Einschränkungen essen kann.
- Bieten Sie Ihrem Kind nun Nahrung an, indem Sie sie vor ihm hinlegen oder sie sich aus der Hand nehmen lassen. Das Kind sollte stets selbst entscheiden was es essen möchte, verzichten Sie also darauf, ihm das Essen einfach in die Hand zu geben.
- Fangen Sie damit an Ihrem Baby Nahrungsmittel zur Verfügung zu stellen, die sich leicht greifen lassen. Optimal eignen sich fingerdicke Stäbchen oder lange Streifen am besten dazu. Nach und nach können Sie neue Formen und Konsistenzen zur Verfügung stellen, an welchen sich das Kind bedienen und

lernen kann mit den neuen Lebensmitteln richtig umzugehen.

- Das Baby sollten Sie so oft es geht an Ihrem Mahlzeiten teilnehmen lassen und ihm so gut es geht dasselbe geben was auch Sie essen, damit es Sie imitieren und daraus lernen kann.
- Lassen Sie Ihr Baby an den Mahlzeiten teilnehmen, wenn es nicht müde oder hungrig ist, so kann sich Ihr Kind viel besser auf die Mahlzeiten konzentrieren und der Lernprozess ist deutlich erfolgreicher. Solche Mahlzeiten dienen zunächst als Spiel- und Lernphase, da es die wichtigsten Nährstoffe weiterhin über die Mutter- oder industriell gefertigter Säuglingsmilch bekommt.
- Bieten Sie die Brust oder die Flasche weiterhin wie gewohnt an, denn die Milch ist beim Baby led Weaning weiterhin die Hauptnahrungsquelle Ihres Kindes, bis es ein Jahr alt ist. Ihr Baby wird die Milchzufuhr selbstständig reduzieren, sobald es davon weniger braucht.
- Während der Mahlzeiten sollten Sie Ihrem Kind Wasser zum Trinken zur Verfügung stellen. Möchte es nicht trinken, so ist es auch nicht durstig.
- Generell gilt, dass Sie während der Mahlzeiten Geduld bewahren und Ihr Baby nicht antreiben oder ablenken; es soll sich vollständig auf das Essen vor sich konzentrieren können.
- Stecken Sie dem Baby außerdem kein Essen in den Mund, um es dazu zu bringen mehr zu essen als es möchte. Das Essen dient lediglich als Beikost zur Milch, welche es trinkt.

Wie oft am Tag soll Ihr Baby essen?

Wie oft Ihr Baby täglich essen sollte ist von der Häufigkeit des Stillens abhängig. Wird Ihr Baby noch größtenteils gestillt oder hat zum Beispiel schon zum Frühstück genug gegessen, so braucht es folglich weiterhin auch weniger Nahrung in fester Form, um optimal versorgt zu sein. Besonders zu Beginn des Baby led Weanings sollten Sie auf Ihr Bauchgefühl vertrauen und die Körpersprache Ihres Babys lesen. Ist es zum Beispiel müde, wird es wahrscheinlicher lieber das Stillen vorziehen, da essen am Tisch deutlich anstrengender ist. Auch wenn Ihr Baby schon zu hungrig ist, wird es selten selbst essen wollen, da es auf hungrigem Magen wenig Geduld dafür aufbringen wird.

Grundsätzlich kann Ihr Baby, wenn es denn möchte, immer am Tisch dabeisitzen, sobald dort gegessen wird. Auch lohnt es sich manchmal Ihrem Kind auch zwischendurch kleinere Snacks anzubieten, da es wegen des Stillens möglicherweise nicht immer hungrig ist, wenn Sie essen möchten. Denken Sie immer daran, dass der Magen eines Babys viel kleiner ist als der eines Erwachsenen und deswegen auch nicht Unmengen an Essen aufnehmen und speichern kann. Aus diesem

Grund ist es möglich, dass Babys auch öfter am Tag Hunger empfinden, als Erwachsene Menschen.

Fangen Sie erst gerade mit dem Baby led Weaning an, können Sie mit der Mittagsmahlzeit beginnen und die restliche Zeit über stillen. Sie können daraufhin nach und nach weitere Mahlzeiten am Tag integrieren, bis das Stillen irgendwann nicht mehr nötig sein wird.

Welche Nahrungsmittel eignen sich für Ihr Baby?

Wenn Sie Ihrem Baby feste Nahrung näher bringen möchten und sicherstellen wollen, dass es trotzdem ausreichend mit allen wichtigen Nährstoffen versorgt wird, können Sie ihm fast alle gesunden Lebensmittel anbieten bzw. mit ihm teilen. Nehmen Sie zum Beispiel Obst oder gegartes Gemüse. Aber auch Fleisch, Fisch, Käse, gekochte Eier und Kohlenhydratquellen wie Brot, Reis und Nudeln eignen sich hervorragend als Mahlzeit für Sie und Ihr Baby. Anfangs sollten Sie darauf achten Lebensmittel einzubeziehen, welche sich besonders leicht in Stäbchen oder lange Streifen schneiden lassen. Diese Formen kann das Kind besonders zu Beginn der Baby led Weaning Methode am besten greifen und erforschen. Bieten Sie Ihrem Baby eine breite Variation von Nahrungsmitteln an, damit es so viele unterschiedliche Geschmacksrichtungen und Texturen kennenlernen kann. So sorgen Sie dafür, dass jede Mahlzeit interessant gestaltet wird und die Wissbegier Ihres Kindes stillt.

Welche Nahrungsmittel sollten Sie vermeiden?

Natürlich eignen sich nicht zwingend immer alle Lebensmittel, welche Sie essen können, auch für Ihren Sprössling geeignet. Viele Nahrungsmittel können von einem Säugling weniger gut verdaut werden und können bei ihnen sogar Beschwerden, wie Bauchschmerzen, hervorrufen. Verzichten Sie deshalb auf zu stark gewürzte Lebensmittel, welche zum Beispiel viel Salz oder Zucker enthalten. Dazu gehören beispielsweise viele Gebäcke, Saucen oder industriell gefertigte Nahrungsmittel wie Baked Beans. Außerdem sollten Sie Ihrem Baby kein Fast Food oder Fertiggerichte anbieten, da diese viele Geschmacksverstärker und zu viel Zucker enthalten. Des Weiteren können auch Honig, Nüsse, Schalentiere, Haifisch, Marlin und rohe Eier gesundheitlich negative Auswirkungen auf Ihr Baby haben. Achten Sie deshalb immer stets genau auf die Zutatenliste der Lebensmittel, welche Sie zubereiten oder Ihrem Baby zum Essen anbieten.

Essen mit Besteck

Wenn Ihr Baby bereits mit festen Lebensmitteln vertraut ist und seine Motorik deutlich entwickelter, können Sie Ihrem Baby das Essen mit dem Besteck näherbringen. Viele Firmen bieten bereits Esslernbesteck für Babys an, welches ungefährlich ist und in die kleinen Hände Ihres Sprösslings passt. Für ein Kind ist es zu Beginn oft einfacher mit einer Gabel als mit einem Löffel umzugehen, da man damit Lebensmittel, trotz gröberer Motorik, viel einfacher aufnehmen kann. Es kann allerdings helfen Ihrem Baby ab und zu einen fertig beladenen Löffel anzubieten, damit es herausfindet wie das essen damit funktioniert. Außerdem können Sie beim Tischdecken jedes Mal auch eine Gabel und einen Löffel neben den Teller des Babys legen und es kann damit anfangen zu üben, sobald es dazu bereit ist. Oft versuchen Eltern Ihre Kinder dazu zu animieren oder Ihnen beizubringen mit Besteck zu essen und das führt dazu, dass sowohl Baby als auch Eltern am Ende frustriert sind. Mischen Sie sich deshalb am besten nicht ein, wenn Ihr Kind Sie nicht um Hilfe bittet. Besonders am Anfang kann das Essen mit dem Besteck für ungeduldige Eltern zum Haare raufen sein. Lassen Sie Ihrem Baby ausreichend Zeit sich mit den neuen Utensilien vertraut zu machen und zu lernen, wozu diese gebraucht werden. Sie als Erwachsener können allein durch das selbst essen mit Besteck ein großes Vorbild für Ihr Kind sein. Es wird versuchen Sie zu imitieren und bald Fortschritte machen.

Wie bleibt Ihr Baby sicher?

Damit Ihr Baby stets sicher bleibt und mit der Baby led Weaning Methode keinen Gefahren ausgesetzt ist, sollten Sie stets einige Vorkehrungen treffen und Hinweise beachten.

1. Ihr Baby sollte beim Essen stets aufrecht sitzen und die Arme frei haben, damit es sich ungestört und sicher auf das Essen konzentrieren kann. Die aufrechte Sitzhaltung verringert außerdem das Risiko des Verschluckens.

2. Kleine Früchte, wie Kirschen oder Oliven, sollten Sie stets in zwei Hälften schneiden, damit das Baby sie besser kauen und essen kann. Entfernen Sie dabei immer vorhandene Kerne, sodass es sich nicht an Ihnen verschluckt.

4. Hat Ihr Baby noch keine Zähne, bieten Sie ihm öfter weiches Obst und Gemüse an, welches Sie gut fassen und halten können. Außerdem können noch zahnlose Kinder gerne Suppen, Joghurt und Pudding essen, ohne sich zu verschlucken.

5. Bei der Baby led Weaning Methode geht es darum, dass Ihr Kind eigenständig isst. Achten Sie darauf, dass niemand außer dem Baby selbst, sich Essen in den Mund steckt. All das soll eigenständig geschehen, so dass das Baby immer kontrollieren kann was in seinen Mund gelangt und wie es damit umgehen soll.

6. Damit auch alle anderen Erwachsenen im Leben Ihres Babys nach der Baby led Weaning Methode handeln, sollten Sie jedem erklären, wie genau das Prinzip funktioniert. So kann das Kind auch bei den Großeltern sicher und ganz nach dem Prinzip des Baby led Weanings essen, ohne dass es durch konventionelle Methoden des Fütterns verwirrt wird.

7. Sollte es in Ihrer Familie bekannte Lebensmittelunverträglichkeiten, Allergien oder Verdauungsstörungen geben, können Sie vor der Einführung des Baby led Weanings einen Arzt zu Rate ziehen. So können Sie all Ihre möglichen Bedenken aus dem Weg räumen und sichergehen, dass das Kind in seiner gesunden Entwicklung nicht eingeschränkt wird.

Tipps und Tricks

Als Anfänger in der Welt des Baby led Weanings möchten wir Ihnen einige hilfreiche Tipps und Tricks mit auf den Weg geben, mit denen Sie optimal auf die Einführung Ihres Babys in die Baby led Weaning Methode vorbereitet sind. Üben Sie sich in Geduld. Denn besonders in den ersten Monaten kann es den Anschein erwecken, dass Ihr Baby sich nicht für die Baby led Weaning Methode eignet. Seien Sie beruhigt. Kleine anfängliche Schwierigkeiten sind ganz normal und sollten Sie nicht entmutigen. Wie alles andere auch, ist der Zugang zu fester Nahrung etwas ganz Neues für Ihr Kind. Ihr Baby muss zunächst einmal lernen, wie es mit fester Nahrung umgehen, sie kauen und essen soll. Seien Sie konsequent und geben Sie nicht auf; Schon bald werden Sie große Fortschritte bei Ihrem Baby bemerken.

1. Besonders am Anfang des Baby led Weanings sollten Sie nicht erwarten, dass Ihr Baby viel isst. Diese anfänglichen Mahlzeiten fallen in den ersten Monaten klein aus und dienen dem Kind mehr zum Erforschen und Kennenlernen als zum tatsächlichen Essen.

2. Seien Sie auf Chaos am Esstisch vorbereitet. Ihr Baby wird mit dem Essen alles Mögliche ausprobieren und dazu gehört auch das Verschmieren von cremigen Substanzen, als auch das Werfen von Nahrungsmitteln. Sie können zum Beispiel mit einem sauberen Tuch oder Folie unter dem Platz Ihres Babys dafür sorgen, dass die Wohnung sauber bleibt und Sie im alles Heruntergefallene auch erneut zum Essen anbieten können.

3. Erwarten Sie keine feinen Tischmanieren von Ihrem Baby. Kinder sind und bleiben nun mal eben Kinder und das Essen mit Messer und Gabel macht Ihnen bei weitem weniger Spaß als das Erforschen von Lebensmitteln mit Ihren Händen. Außerdem brauchen sie noch viel Übung in Feinmotorik und haben generell sehr wenig Verständnis für Ihre Benimmregeln und Sauberkeit.

4. Gestalten Sie das gemeinsame Essen stets vergnüglich und planen Sie ausreichend Zeit dafür ein. So bleibt Ihr Baby interessiert und freut sich immer darauf neue Lebensmittel zu probieren.

Rezepte

Frühstück

Knusprige French Toast Stäbchen

Zubereitungszeit: 15 Minuten

Zutaten für 6 Stäbchen

1 Ei
30 ml gewohnte Milch (z.B. Muttermilch) oder Kuhmilch
½ TL Vanilleextrakt
1 Prise Zimt
1 Prise geriebener Ingwer
2 Scheiben Vollkornbrot
1 EL Butter oder Öl
½ reife Banane
70 g Blaubeeren

Zubereitung

1. Das Ei, die Milch, die Vanille, den Zimt und den Ingwer in einer Schüssel miteinander verrühren.

2. Die Blaubeeren waschen und bei Bedarf verlesen. Die Banane in Scheiben schneiden.

3. Die Brotscheiben in fingerdicke Streifen schneiden und das Öl oder die Butter in einer heißen Pfanne zerlassen.

4. Die Brotscheiben in der Ei-Milch-Mischung wenden, sodass sie von allen Seiten damit bedeckt sind und dann etwa 2-3 Minuten in der heißen Pfanne backen.

5. Die French Toast Stäbchen aus der Pfanne nehmen und auf einem Teller auskühlen lassen. Die Stäbchen dem Baby mit den Früchten anbieten.

Tipp

Die Stäbchen können für einen späteren Verzehr auch in Gefrierbeuteln eingefroren und vor dem Genuss 10-20 Sekunden in der Mikrowelle erwärmt und gegessen werden.

Gebackene Milchreisschnitten mit frischem Obst

Zubereitungszeit: 1 Stunde

Zutaten für 15 Schnitten

250 g Milchreis
1 TL Ceylon-Zimt
500 ml Kuhmilch (oder ungesüßter Mandel-Drink)
frisch geschnittenes Obst (oder Obstmus)

Zubereitung

1. Die Milch in einen Topf geben und unter Rühren langsam zum Kochen bringen. Den Ofen auf 170 Grad Ober- und Unterhitze vorheizen.

2. Den Milchreis in die Milch einrühren und auf niedrigster Stufe etwa 20 Minuten köcheln lassen. Gelegentlich umrühren.

3. Den fertigen Milchreis vom Herd nehmen und den Zimt einrühren. Nun in eine mit Backpapier ausgelegte Auflaufform geben und verstreichen.

4. Die Auflaufform mit dem Milchreis in den Ofen geben und etwa 20 Minuten lang backen.

5. Aus dem Ofen nehmen, kurz abkühlen lassen und in 15 gleichgroße Schnitten schneiden.

6. Die Schnitten ausreichend abgekühlt mit beispielsweise frisch geschnittenen Äpfeln oder Obstmus anbieten.

Tipp

Die Schnitten sind 2-3 Tage im Kühlschrank haltbar und können auch eingefroren werden.

Dinkelgrießschnitten mit gedünsteten Äpfeln

Zubereitungszeit: 50 Minuten

Zutaten für 10 Schnitten

200 ml Milch
85 g Dinkelgrieß
80 g gemahlene Haselnüsse
1 Msp. Gemahlene Bourbon Vanille
1 Apfel
1 Ei

Für Erwachsene und Kinder ab 1 Jahr
Salz
Zucker

Zubereitung

1. Den Ofen auf 150 Grad Ober- und Unterhitze vorheizen und ein Backblech mit Backpapier auslegen.

2. Die Milch mit dem Vanillepulver aufkochen. Die Herdplatte ausschalten, den Grieß hineingeben und gründlich verrühren. Einige Minuten quellen lassen und anschließend auf dem Backpapier etwa 1 cm dick glattstreichen und abkühlen lassen.

3. Das Ei in einem Teller verquirlen und etwas gemahlene Haselnüsse auf einem weiteren Teller geben.

4. Die abgekühlte Masse in 10 gleichgroße Schnitten schneiden. Nun je einmal in dem Ei und dann in den Haselnüssen wenden und erneut auf das Backblech geben.

5. Die Schnitten im Ofen etwa 25 Minuten backen, bis die Nüsse leicht geröstet sind. Vor dem Servieren abkühlen lassen.

Weiche Avocadobrötchen

Zubereitungszeit: 30 Minuten

Zutaten für 14 Brötchen

2 Avocados
250 g Mehl
70 g gemahlene Haselnüsse
50 g Leinsamen
45 g gehackte Pistazien
3 EL Joghurt
2 TL Natron
50 g Kokosöl
Saft einer Zitrone

Zubereitung

1. Den Ofen auf 180 Grad Ober- und Unterhitze vorheizen und ein Backblech mit Backpapier auslegen.

2. Das Mehl mit den Haselnüssen, den Leinsamen und den Pistazien verrühren.

3. Das Kokosöl schmelzen und leicht abgekühlt zu dem Mehl geben. Den Joghurt hinzufügen und alles miteinander verkneten.

4. Die Avocados halbieren, entsteinen und das Fruchtfleisch in eine Schüssel geben. Den Zitronensaft und das Natron zu der Avocado geben und miteinander vermengen.

5. Die Avocadocreme zum Teig geben und erneut alles miteinander verkneten. Aus dem Teig Brötchen formen und auf das Backblech setzen.

6. Die Brötchen etwa 20 Minuten backen und vor dem Servieren abkühlen lassen.

Leckeres Rührei mit frisch geschnittenem Apfel und Toast-Stäbchen

Zubereitungszeit: 20 Minuten

Zutaten für 1 Baby

1 Ei
1 Scheibe Vollkorntoast
½ Apfel
1 TL Öl oder Butter

Zubereitung

1. Das Ei in einer Schüssel aufschlagen und verquirlen. Den Apfel gründlich waschen, entkernen und in Spalten schneiden.

2. Das Öl oder die Butter in einer heißen Pfanne erhitzen. Das Ei darin stocken lassen und mit einem Holzlöffel zu Rührei verarbeiten.

3. Währenddessen den Toast in einem Toaster rösten und in fingerdicke Scheiben schneiden.

4. Das Ei kurz abkühlen lassen und mit dem Toast und dem Apfel auf einem Teller anbieten.

Gekochtes Ei mit cremigem Joghurt und Blaubeeren

Zubereitungszeit: 10 Minuten

Zutaten für 1 Baby

1 Ei
½ Becher Naturjoghurt
1 Handvoll Blaubeeren

Zubereitung

1. Die Beeren gründlich waschen und bei Bedarf in Hälften schneiden.

2. Das Ei in kochendem Wasser etwa 10 Minuten kochen, damit der Dotter hart wird. Anschließend kalt abschrecken, die Schale pellen und das Ei in Spalten schneiden. Ausreichend abkühlen lassen.

3. Die Eispalten auf einem Teller platzieren, den Joghurt und die Blaubeeren danebenlegen und dem Baby anbieten.

Knusprige Toast-Stäbchen mit Avocado-Creme

Zubereitungszeit: 10 Minuten

Zutaten für 1 Baby

1-2 Scheiben Vollkorntoast
½ Avocado
etwas Zitronensaft

Zubereitung

1. Die Avocado entsteinen und das Fruchtfleisch in einer separaten Schüssel mit einer Gabel zerdrücken. Mit einigen Spritzern Zitronensaft verfeinern und mit der Gabel verrühren.

2. Die Toastscheiben in einem Toaster rösten und mit der Avocadocreme dünn bestreichen. Den Toast in fingerdicke Scheiben schneiden und dem Kind zum Essen anbieten.

Knusprige Toast-Stäbchen mit Ei-Dotter und frischer Paprika

Zubereitungszeit: 15 Minuten

Zutaten für 1 Baby

1 Ei
¼ rote Paprika
1-2 Scheiben Vollkorntoast

Zubereitung

1. Das Ei in kochendem Wasser etwa 10 Minuten kochen. Kalt abschrecken, pellen und den hart gekochten Dotter in einer separaten Schüssel mit einer Gabel zerdrücken.

2. Etwas Wasser oder Muttermilch zum Dotter geben und verrühren, damit es sich besser verstreichen lässt.

3. Die Paprika waschen, entkernen und in Stücke schneiden.

4. Den Toast in einem Toaster rösten, mit der Dotter-Creme bestreichen und in fingerdicke Stäbchen schneiden. Mit etwas Paprika bestreuen und dem Kind zum Essen anbieten.

Leckere Bananen-Haferflocken-Pfannkuchen

Zubereitungszeit: 30 Minuten

Zutaten für 4 Pfannkuchen

1 reife Banane
2 Eier
30 g Haferflocken
1 TL Erdnussbutter
4 TL Kokosöl

Zubereitung

1. In einer separaten Schüssel die Banane mit einer Gabel zerdrücken.

2. Die Eier in der Schüssel mit der Banane aufschlagen und zu einer homogenen Masse verquirlen.

3. Die Haferflocken und die Erdnussbutter hinzufügen und erneut miteinander verrühren.

4. Zum Ausbacken je 1 Teelöffel Kokosöl in einer Pfanne erhitzen. Nun je ¼ des Teigs in die Pfanne geben und einige Minuten von beiden Seiten zu einem Pfannkuchen ausbacken.

5. Die Pfannkuchen abkühlen lassen, ggf. in kleinere Stücke reißen und dem Baby zum Essen anbieten.

Einfache Blaubeer-Pancakes

Zubereitungszeit: 20 Minuten

Zutaten für 4 Pancakes

1 Ei
80 g Mehl
60 ml Milch
1 TL Backpulver
1 Handvoll Blaubeeren
4 TL Öl

Zubereitung

1. Das Ei in einer Schüssel verquirlen und mit dem Mehl und dem Backpulver verrühren. Nun nach und nach die Milch unter ständigem Rühren eingießen und alles zu einem homogenen Teig verarbeiten.

2. Die Blaubeeren waschen, eventuell verlesen und unter den Teig heben.

3. Je 1 Teelöffel Öl in einer Pfanne erhitzen und die Pancakes darin von beiden Seiten ausbacken.

4. Die Pancakes abkühlen lassen und dem Baby zum Essen anbieten.

Weiche Muffins mit Rahmspinat und Käse

Zubereitungszeit: 30 Minuten

Zutaten für 6 Muffins

3 Eier
2 Würfel TK-Rahmspinat
etwas geriebener Käse
optional: 1 Prise Pfeffer

Zubereitung

1. Die Eier in einer Schüssel aufschlagen und mit ein wenig Pfeffer würzen. Die Eier mit dem Pfeffer verquirlen.

2. Die Spinatwürfel in den Eiern schmelzen lassen und den Käse hinzugeben.

3. Eine Muffinform einfetten oder die Muffinförmchen vorbereiten und den Ofen auf 180 Grad Umluft vorheizen.

4. Den Teig in die Muffinförmchen füllen, bis sie halb voll sind und etwa 15 Minuten im Ofen backen.

5. Die Muffins abkühlen lassen und dem Baby zum Essen anbieten.

Tipp

Die Muffins können Sie anstelle von Spinat auch mit anderen Zutaten Ihrer Wahl befüllen. Reichen Sie dazu ein wenig Naturjoghurt.

Süße Himbeer-Muffins

Zubereitungszeit: 30 Minuten

Zutaten für 6 Muffins

140 g Mehl
1 TL Backpulver
200 ml Vollmilch
1 Ei
1 Handvoll gefrorene Himbeeren

Zubereitung

1. Den Ofen auf 180 Grad Ober- und Unterhitze vorheizen. Eine Muffinform einfetten oder mit Muffinförmchen auslegen.

2. In einer Schüssel das Mehl mit dem Backpulver vermischen. Nun eine Kuhle formen und darin das Ei und die Milch hineingeben. Nun alles mit einem Schneebesen zu einem glatten Teig verrühren. Die Himbeeren zuletzt vorsichtig unterheben.

3. Den Teig gleichmäßig in die Förmchen geben und die Muffins etwa 20 Minuten backen.

4. Vor dem Servieren abkühlen lassen, damit das Baby sich nicht verbrennt.

Hauptmahlzeiten

Cremige Avocado-Penne mit Parmesantalern

Zubereitungszeit: 30 Minuten

Zutaten für 2 Erwachsene und 1 Baby

250 g Penne
70 g geriebener Parmesan
4 Stiele frischer Basilikum
2 EL Zitronensaft
1 Knoblauchzehe
1 Avocado
4 getrocknete Softtomaten

für Erwachsene und Kinder ab 1 Jahr
Salz
Pfeffer

Zubereitung

1. Für die Parmesantaler den Backofen auf 200 Grad Ober- und Unterhitze vorheizen. Ein Backblech mit Backpapier auslegen und ca. die Hälfte des geriebenen Parmesans auf vier kleine Häufchen verteilen. Die Taler einige Minuten im Backofen backen, bis sie hellbraun sind.

2. Für die Nudeln einen ausreichend großen Topf mit Wasser füllen und es zum Kochen bringen. Die Nudeln nach Packungsanweisung garen und anschließend in einem Sieb abgießen und die Nudeln erneut in den Topf geben. Etwa 50 ml vom Nudelwasser für die Sauce aufbewahren.

3. Während die Nudeln kochen, die Sauce zubereiten. Dafür die Avocado halbieren, entsteinen und das Fruchtfleisch mit einem Löffel in eine Schüssel geben. Den Knoblauch schälen und mit etwas Pfeffer und dem Zitronensaft zu der Avocado geben und zu einer glatten Masse pürieren. Den Basilikum klein zupfen und ebenfalls zu der Avocadocreme geben. Nun das beiseitegelegte Nudelwasser einrühren.

4. Die Softtomaten in kleine Stücke schneiden. Die Nudeln im Topf mit der Avocadocreme verrühren und auf einem Teller mit den Parmesantalern anrichten und mit dem restlichen Parmesan bestreuen.

Tipp

Da die Tomaten salzig sind, dem Baby nur wenig davon geben. Den Rest können Sie essen und Ihre Portion bei Bedarf nachsalzen.

Leckere Spaghetti mit Garnelen und Tomaten

Zubereitungszeit: 30 Minuten

Zutaten für 2 Erwachsene und 1 Baby

250 g Spaghetti
2 EL Olivenöl
1 Zwiebel
230 g TK-Garnelen
200 g Frischkäse
150 g Cocktailtomaten
frisch geriebener Parmesan

Für Erwachsene und Kinder ab 1 Jahr
1 Knoblauchzehe
getrocknete italienische Kräuter
Salz
Pfeffer
Chili

Zubereitung

1. Wasser in einem Topf zum Kochen bringen und die Spaghetti darin nach Packungsanweisung zubereiten.

2. Währenddessen die Zwiebel pellen und in feine Würfel schneiden. Nun in einer Pfanne mit 1 Esslöffel erhitztem Olivenöl etwa 5 Minuten anbraten und auf einem Teller beiseitelegen.

3. Die Garnelen in ein Sieb geben und gründlich abwaschen und abtropfen lassen. In einer weiteren Pfanne mit 1 Esslöffel Olivenöl leicht kross anbraten. Das Öl nun aus der Pfanne gießen, den Knoblauch pellen und durch eine Presse zu den Garnelen geben. Den Knoblauch kurz ebenfalls kross anbraten.

4. Nun das Tomatenmark und den Frischkäse zu den Garnelen geben und verrühren. Währenddessen die Cocktailtomaten waschen, halbieren und zu den Garnelen geben. Etwa 5 Minuten köcheln lassen und die Sauce ggf. mit etwas Wasser verdünnen.

5. Mit den Gewürzen und Kräutern abschmecken und mit frisch geriebenem Parmesan servieren.

Cremige One-Pot-Kürbis-Penne

Zubereitungszeit: 20 Minuten

Zutaten für 2 Erwachsene und 1 Baby

250 g Penne
½ kleine Zwiebel
200 g Hokkaido-Kürbis
200 ml Kokosmilch
60 g Möhren
200 ml Gemüsebrühe
1 EL Bratöl

Für Erwachsene und Kinder ab 1 Jahr
Salz
Pfeffer
Chili

Zubereitung

1. Die Zwiebel pellen und sehr fein würfeln. Das Kürbisfleisch vom Kürbis abschneiden und in 1 cm große Würfel schneiden. Die Möhren waschen und in feine Scheiben schneiden.

2. In einem großen Topf das Öl erhitzen und darin die Zwiebeln für etwa 2 Minuten anschwitzen. Nun den Kürbis und die Möhren hineingeben und weitere 3 Minuten anbraten. Alles mit der Kokosmilch und der Brühe ablöschen.

3. Die Nudeln hineingeben und nach Packungsanweisung garen. 50 ml heißes Wasser hinzufügen und das Gericht optional mit allen Gewürzen verfeinern.

4. Die Penne für das Kind abkühlen lassen und auf einem Teller servieren.

Würzige Kürbisspätzle in Curry-Butter

Zubereitungszeit: 1 Stunde

Zutaten für 2 Erwachsene und 1 Baby

200 g Kürbispüree
150 g Mehl
2 Eier
20 g Butter
15 Salbeiblättchen
Currypulver

Für die Erwachsenen
Salz
Chiliflocken

Zubereitung

1. Aus dem Mehl, den Eiern und dem Wasser einen Teig rühren. Nun das Kürbispüree hinzufügen, damit der Teig geschmeidig ist. Den Teig 15 Minuten ruhen lassen.

2. Eine Portion für das Baby abtrennen und den restlichen Teig mit Salz würzen.

3. Zwei Töpfe mit Wasser füllen und dieses zum Kochen bringen. Für die Spätzle den Teig portionsweise durch ein Sieb streichen und direkt in das kochende Wasser fallen lassen. Der eine Topf ist für die ungesalzenen, der andere für die gesalzenen Spätzle.

4. Für die Currybutter die Butter in einer Pfanne zerlassen. Nun die Salbeiblättchen waschen und trocknen. Nach Belieben das Currypulver in die Butter einrühren und dieses kurz anbraten. Die Butter kurz aufschäumen lassen und die Salbeiblättchen darin anbraten.

5. Die Spätzle getrennt in die Pfanne zu der Butter geben und kurz darin schwenken.

6. Die Spätzle auf einem Teller servieren und für die erwachsene Portion mit einigen Chiliflocken garnieren.

Tipp

Die Spätzle kann das Baby auch ganz ohne Curry-Butter essen.

Leckerer Bärlauchschmarrn mit gedünstetem Kohlrabi

Zubereitungszeit: 30 Minuten

Zutaten für 2 Erwachsene und 1 Baby

2 Eier
100 g Dinkelmehl
125 ml Milch
25 g Bärlauch
25 g Olivenöl
1 Kohlrabi
100 g Schmand
Zitronenschale

für Erwachsene und Kinder ab 1 Jahr
Salz
Pfeffer

Zubereitung

1. Die Eier aufschlagen, trennen und das Eiweiß in einer separaten Schüssel steif schlagen. Nun die Eigelbe ebenfalls in einer separaten Schüssel mit der Milch und dem Mehl zu einer homogenen Masse verrühren.

2. Den Bärlauch waschen, hacken, mit dem Olivenöl vermengen und zu der Eigelb-Mehl-Mischung geben. Den Eischnee nun vorsichtig unterheben.

3. Etwas Öl in einer Pfanne erhitzen und darin die Hälfte des Schmarrns etwa 3-4 Minuten von einer Seite ausbacken, wenden und in Stücke reißen.

4. Währenddessen den Kohlrabi schälen und in fingerdicke Stifte schneiden. In einer weiteren Pfanne etwas Öl erhitzen und darin den Kohlrabi 15 Minuten bei geschlossenem Deckel und geringer Hitzezufuhr dünsten oder etwa 8 Minuten gar kochen.

5. Währenddessen den Schmand mit der Zitronenschale vermischen und mit Salz und Pfeffer würzen. Den Schmarrn mit dem Kohlrabi auf einem Teller anrichten und mit 1 Klecks Schmand servieren.

Leckerer Kartoffelgratin ohne Sahne

Zubereitungszeit: 40 Minuten

Zutaten für 2 Erwachsene und 1 Baby

250 ml Milch
400 g festkochende Kartoffeln
1 Knoblauchzehe
140 g Brokkoli
10 g frisch geriebener Parmesan
40 g geriebener Mozzarella

Für Erwachsene und Kinder ab 1 Jahr
Salz
Pfeffer
Paprika Edelsüß
Kräuter der Provence

Zubereitung

1. Den Ofen auf 200 Grad Ober- und Unterhitze vorheize und eine kleine Auflaufform mit etwas Butter einfetten.

2. Die Kartoffeln schälen und in feine Scheiben schneiden. Den Knoblauch schälen und durch eine Presse in einen Topf geben. Die Milch und die Kartoffeln dazugeben und alles aufkochen lassen. Die Temperatur herunterstellen und alles für weitere 10 Minuten köcheln lassen.

3. Währenddessen den Brokkoli waschen, in Röschen teilen und diese klein schneiden. Nach 5 Minuten Kochzeit, den Brokkoli in den Topf zu den Kartoffeln geben und mitkochen. Für Erwachsene die Gewürze einstreuen.

4. Die Kartoffelmasse in die Auflaufform füllen und darüber den geriebenen Käse streuen. Den Auflauf etwa 20 Minuten überbacken und vor dem Servieren etwas abkühlen lassen.

Schnelle Brokkoli-Mais-Taler mit Schmand

Zubereitungszeit: 30 Minuten

Zutaten für etwa 10 Taler

300 g Brokkoli mit Stamm
30 g fein geriebener Parmesan
2 Eier
1 kleine Dose Mais
2 EL Bratöl
3 EL Vollkornmehl
100 g Schmand

Für Erwachsene und Kinder ab 1 Jahr
Salz
Pfeffer

Zubereitung

1. Zunächst den Brokkoli waschen, den Stamm schälen und den Brokkoli in einem Sieb abtropfen lassen. Nun den Brokkoli auf einer groben Reibe raspeln.

2. Den Mais aus der Dose in einem Sieb abgießen und abtropfen lassen. Nun mit dem Brokkoliraspel vermischen und mit allen anderen Zutaten, bis auf dem Schmand, vermengen.

3. Das Bratöl in einer Pfanne erhitzen und aus der Brokkolimasse aus den Händen etwa 10 Taler formen. Die Taler in der Pfanne von beiden Seiten je 5-8 Minuten ausbacken.

4. Die Taler etwas abkühlen lassen und mit einem Klecks Schmand auf einem Teller servieren.

Orientalische Couscous-Bratlinge

Zubereitungszeit: 30 Minuten

Zutaten für 10 Bratlinge

200 ml salzfreie Gemüsebrühe
100 g Vollkorn Couscous
100 g Möhren
1 Ei
Petersilie
30 g Paniermehl
2 EL Bratöl
Geriebener Parmesan

Für Erwachsene und Kinder ab 1 Jahr
Curry
Garam Masala

Zubereitung

1. Den Couscous in einer Schüssel mit kochender Gemüsebrühe übergießen und etwa 5 Minuten quellen lassen. Den Couscous abkühlen lassen.

2. Währenddessen die Möhren putzen und mit einem Sparschäler schälen und anschließend raspeln.

3. Nun die Möhrenraspel mit dem Ei, den Gewürzen und dem Paniermehl verrühren und anschließend mit dem Couscous vermengen. Etwas geriebenen Parmesan hinzugeben und erneut vermischen.

4. Mit den Händen 10 Bratlinge formen und in einer Pfanne mit dem erhitzen Öl die Bratlinge auf geringer Hitze von beiden Seiten 5 Minuten anbraten.

5. Ein wenig abkühlen lassen und auf einem Teller servieren.

Leckere Hackbällchen mit Kürbis und Tomatensauce

Zubereitungszeit: 30 Minuten

Zutaten für 12 Hackbällchen

250 g Hackfleisch
140 g geriebener Hokkaido-Kürbis
2 EL Bratöl
400 g stückige Tomaten
Für Erwachsene und Kinder ab 1 Jahr
Salz
Pfeffer
Curry

Zubereitung

1. Den Hokkaido-Kürbis mit dem Hackfleisch verkneten und 12 gleichgroße Bällchen formen.

2. Das Öl in einer Pfanne erhitzen und darin die Hackbällchen bei mittlerer Hitze von allen Seiten anbraten.

3. Währenddessen die stückigen Tomaten optional mit den Gewürzen verfeinern.

4. Die Tomatensauce hinzugeben und die Bällchen fertig garen.

5. Die Bällchen für Kinder abkühlen lassen und servieren.

Einfacher One-Pot Bulgur-Süßkartoffel-Topf mit Avocado

Zubereitungszeit: 30 Minuten

Zutaten für 2 Erwachsene und 1 Baby

1 Süßkartoffel
½ EL Olivenöl
½ Zwiebel
80 g Dinkel-Vollkorn-Bulgur
150 ml salzfreie Gemüsebrühe
80 g Babyspinat
½ Avocado

Für Erwachsene und Kinder ab 1 Jahr
1 Knoblauchzehe
1 TL Currypulver
Salz
Pfeffer

Zubereitung

1. Die Süßkartoffel schälen und in kleine Stücke schneiden. Den Knoblauch und die Zwiebel pellen und in sehr feine Würfel schneiden.

2. Das Olivenöl in einem Topf erhitzen und die Zwiebelwürfel darin etwa 5 Minuten dünsten. Nun die Süßkartoffelstücke hineingeben und etwa 3 Minuten mitbraten. Zuletzt den Bulgur hineingeben und alles mit der Gemüsebrühe ablöschen. Nun den Deckel auf den Topf geben und das Gericht etwa 20 Minuten auf kleinster Hitzezufuhr garen. Jetzt den Spinat hineingeben, umrühren und mit den Gewürzen abschmecken.

3. Die Avocado halbieren, entsteinen und das Fruchtfleisch in etwa 1 cm große Stücke schneiden. Über dem Gericht verteilen und auf einem Teller servieren.

Frischer Couscous-Salat mit buntem Gemüse

Zubereitungszeit: 30 Minuten

Zutaten für 2 Erwachsene und 1 Baby

100 g Couscous
200 ml salzfreie Gemüsebrühe
100 g Cocktailtomaten
100 g kleine Zucchini
2 Möhren
1 Bio-Zitrone
½ Bund Lauchzwiebeln
½ Bund Petersilie
3 EL Olivenöl

Für Erwachsene und Kinder ab 1 Jahr
1 Daumengroßes Stück Ingwer
Salz
Pfeffer

Zubereitung

1. Den Couscous mit gekochter Gemüsebrühe in einer Schüssel übergießen und etwa 15 Minuten quellen lassen.

2. Die Möhren putzen, mit einem Sparschäler schälen und in feine Scheiben schneiden. Den Ingwer schälen und mit einer Reibe fein reiben.

3. Die Möhren und den Ingwer in heißem Olivenöl etwa 5 Minuten anbraten. Währenddessen die Tomaten waschen und halbieren. Die Zucchini ebenfalls waschen und in sehr kleine Stücke schneiden. Die Lauchzwiebeln putzen und in dünne Ringe schneiden. Die Petersilie waschen und fein hacken. Die Zitrone auspressen und den Saft mit dem Olivenöl vermischen.

4. Alle Zutaten zu einem Dressing verrühren und optional mit Salz und Pfeffer verfeinern. Auf einem Teller servieren und ggf. nachwürzen.

Leckeres Lauch-Trauben-Risotto

Zubereitungszeit: 30 Minuten

Zutaten für 2 Erwachsene und 1 Baby

150 g Risotto-Reis
1 Zwiebel
2 EL Butter
1 EL Olivenöl
1 Stange Lauch
30 dunkle, kernlose Trauben
300 ml Wasser
30 g Parmesan
frische Kräuter

Für Erwachsene und Kinder ab 1 Jahr
Salz
Pfeffer

Zubereitung

1. Die Trauben gründlich waschen und halbieren. Den Lauch waschen, längs vierteln und in etwa 1 cm große Stücke schneiden. Die Zwiebel pellen und sehr fein würfeln.

2. Das Öl und 1 Esslöffel Butter in einem Topf erhitzen und die Zwiebeln darin etwa 5 Minuten andünsten. Den Reis hineingeben und unter Rühren weitere 3 Minuten andünsten. Den Reis mit 2 Schöpfkellen Wasser ablöschen und unter Rühren einkochen lassen, bis das Wasser verdampft ist. Nun erneut 2 Schöpfkellen Wasser hineingeben und erneut einkochen lassen.

3. Den Lauch in den Topf geben und so lange etwas Wasser hinzugeben, bis alles vom Reis aufgesogen wurde. Nach etwa 25 Minuten Garzeit ist der Reis gar und das Wasser aufgebraucht.

4. Den Parmesan mit einer Reibe fein reiben und mit der restlichen Butter und den Trauben zu dem Reis geben. Den Topf vom Herd nehmen und zugedeckt etwa 5-10 Minuten ruhen lassen.

5. Für das Baby den Reis auf einem Teller ausbreiten, abkühlen und klebrig werden lassen. Ihre Portion können Sie mit den Gewürzen verfeinern und servieren.

Snacks

Saftige Banane-Nuss Müslikekse

Zubereitungszeit: 45 Minuten

Zutaten für 26 Kekse

30 g Rosinen
90 g Haferflocken
2 reife Bananen
30 g Datteln
20 g gemahlene Haselnüsse
1 TL Ceylon-Zimt
52 Backoblaten
1 Schuss Limettensaft

Zubereitung

1. Den Backofen auf 200 Grad Ober- und Unterhitze vorheizen und ein Backblech mit Backpapier auslegen.

2. Die Bananen von der Schale befreien und das Fruchtfleisch mit einer Gabel zerdrücken. Nun mit den Haferflocken vermischen. Das Trockenobst in kleine Stücke schneiden und zu der Banane geben. Mit den gemahlenen Haselnüssen und dem Zimt vermengen und mit einem Spritzer Limettensaft verrühren.

3. Auf je eine Oblate 1 gehäuften Teelöffel der Masse darauf verteilen, auf das Blech platzieren und mit einer zweiten Oblate bedecken und leicht andrücken. Für die restlichen Oblaten ebenso verfahren.

4. Das Backblech mit den Keksen im Ofen etwa 20 Minuten backen, bis sie hellbraun sind.

5. Die Kekse aus dem Ofen nehmen, abkühlen lassen und ggf. halbieren. Die Kekse trocken in einer Keksdose aufbewahren, um sie haltbarer zu machen.

Tipp

Die Kekse können Sie nach Belieben mit Zutaten Ihrer Wahl abwandeln.

Zuckerfreie Apfelmus-Haferflocken-Kekse

Zubereitungszeit: 30 Minuten

Zutaten für 15 Kekse

50 g feine Haferflocken
130 g Apfelmus
20 g gemahlene Haselnüsse
Ceylon-Zimt

Zubereitung

1. Den Backofen auf 175 Grad Ober- und Unterhitze vorheizen und ein Backblech mit Backpapier auslegen.

2. Alle Zutaten in einer Schüssel miteinander verrühren und mit etwas Zimt verfeinern.

3. Mit angefeuchteten Teelöffeln Teig aufnehmen und auf dem Backblech zu runden Keksen drücken. Dabei nicht zu dünn drücken, damit die Kekse nicht trocken werden.

4. Die Kekse im Ofen etwa 20 Minuten backen, anschließend auskühlen lassen und in einer Keksdose aufbewahren.

Knusprige Kekse mit Apfelsaft und Haselnüssen

Zubereitungszeit: 30 Minuten

Zutaten für 2 Bleche

100 g gemahlene Haselnüsse
100 g Dinkelmehl
80 g kalte Butter
80 ml Apfelsaft
2 TL Backpulver

Zubereitung

1. Den Ofen auf 175 Grad Ober- und Unterhitze vorheizen und ein Backblech mit Backpapier auslegen.

2. Alle Zutaten zu einer homogenen Masse verkneten und etwa 1 Stunde im Kühlschrank ruhen lassen.

3. Den Teig gleichmäßig vierteln und auf einer bemehlten Arbeitsfläche dünn ausrollen. Die Kekse mit einem Ausstecher ausstechen und auf das Backblech geben. Die Kekse im Ofen etwa 10 Minuten backen und mit dem restlichen Teig ebenso verfahren, bis er aufgebraucht ist.

4. Die Kekse auskühlen lassen und trocken in einer Keksdose lagern.

Leckere Zucchinikekse mit Beeren

Zubereitungszeit: 30 Minuten

Zutaten für 16 Kekse

1 Ei
2 reife Bananen
100 g Kokosöl
3 TL Backpulver
150 g Zucchini
160 g Mehl
50 g feine Haferflocken
1 Msp. Vanillepulver
130 g Beeren nach Wahl

Zubereitung

1. Den Ofen auf 175 Grad Ober- und Unterhitze vorheizen und zwei Backbleche mit Backpapier auslegen.

2. Die Banane schälen und das Fruchtfleisch mit einer Gabel zerdrücken. Das Ei und das geschmolzene Kokosöl zu der Banane geben und alles gut miteinander vermengen.

3. Die Zucchini waschen und in einer separaten Schüssel grob raspeln. Das Mehl, das Backpulver, die Vanille und die Haferflocken in die Schüssel zu der Zucchini geben und gut miteinander vermengen. Nun die Beeren vorsichtig unterheben.

4. Mit einem Esslöffel jeweils 8 Klekse des Teigs mit ausreichend Abstand auf den Backblechen verteilen und leicht andrücken.

5. Die Kekse etwa 20 Minuten auf mittlerer Schiene backen, bis sie goldbraun sind.

6. Die Kekse abkühlen lassen und trocken in einer Keksdose lagern.

Fruchtige Bananen-Feigen-Müsliriegel

Zubereitungszeit: 40 Minuten

Zutaten für 30 Riegel

1 Ei
180 g Kokosöl
1 reife Banane
200 g feine Haferflocken
100 g gemahlene Haselnüsse
100 g getrocknete Feigen
1 TL Ceylon-Zimt

Zubereitung

1. Den Ofen auf 175 Grad Ober- und Unterhitze vorheizen und ein Backblech mit Backpapier auslegen.

2. Das Kokosöl schmelzen und leicht abkühlen lassen. Die Banane schälen und das Fruchtfleisch mit einer Gabel zerdrücken. Nun das Ei und die Banane unter das Kokosöl rühren und den Zimt hinzugeben.

3. Die Feigen in kleine Würfel schneiden und Sie mit den Haferflocken und den Nüssen nach und nach in die Kokosöl-Bananen-Mischung einrühren.

4. Die Masse auf dem Backpapier verteilen, fest auf das Blech drücken und etwa 30 Minuten backen.

5. Das Backblech aus dem Ofen nehmen, die Masse kurz abkühlen lassen, mit einem Messer in kleine Riegel schneiden und anschließend komplett auskühlen lassen.

Knusprige Leinsamencracker

Zubereitungszeit: 30 Minuten

Zutaten für 12 Cracker

Für die Cracker
1 TL Chiasamen
80 g Leinsamen
120 ml Wasser
2 EL Sonnenblumenkerne
2 EL Vollkornmehl
1 EL Sesam
1 TL Salz
1 EL Olivenöl

Zubereitung

1. Den Ofen auf 180 Grad Ober- und Unterhitze vorheizen und ein Backblech mit Backpapier auslegen.

2. Für die Cracker die Lein- und Chiasamen im Wasser etwa 20 Minuten quellen lassen. Nun mit den restlichen Zutaten für die Cracker vermengen und mit Hilfe von 2 Esslöffeln 12 Cracker auf dem Backpapier formen. Die Cracker etwa 15 Minuten backen.

Leckere Apfelringe mit Mandelmus und Rosinen

Zubereitungszeit: 15 Minuten

Zutaten für 10 Apfelringe

1 Apfel
Mandelmus
Rosinen

Zubereitung

1. Den Apfel gründlich waschen und mit einem Apfelausstecher aushöhlen.

2. Den Apfel in dünne Scheiben schneiden, mit dem Mandelmus bestreichen und mit den Rosinen belegen.

Weiche Apfelwölkchen

Zubereitungszeit: 20 Minuten

Zutaten für 20 Wölkchen

1 Apfel
2 EL Rosinen
2 TL Backpulver
200 g Kokosmehl
1 Msp. Vanillepulver
80 g Kokosöl
2 Eier
200 g Apfelmus

Zubereitung

1. Den Backofen auf 200 Grad Ober- und Unterhitze vorheizen und ein Backblech mit Backpapier auslegen.

2. Den Apfel waschen, entkernen und in 0,5 cm große Stücke schneiden.

3. Die Eier schaumig rühren und mit den restlichen Zutaten vermischen.

4. Die Masse in kleinen Häufchen auf dem Backpapier platzieren und die Wölkchen etwa 10 Minuten backen, bis sie goldbraun sind. Abkühlen lassen und servieren.

Leckere Hafer-Bananen-Stangen

Zubereitungszeit: 20 Minuten

Zutaten für 14 Stangen

1 reife Banane
2 EL geschrotete Leinsamen
50 g Haferflocken

Zubereitung

1. Den Ofen auf 175 Grad Ober- und Unterhitze vorheizen und ein Backblech mit Backpapier auslegen.

2. Die Banane schälen und das Fruchtfleisch mit einer Gabel zerdrücken. Die Banane mit den Haferflocken vermischen und zuletzt die Leinsamen unterrühren.

3. Den Teig mit feuchten Händen zu länglichen Stangen formen und auf dem Backblech platzieren.

4. Die Stangen etwa 10 Minuten im Ofen backen und anschließend abkühlen lassen.

Knusprige Gemüsestangen

Zubereitungszeit: 30 Minuten

Zutaten für 15 Stangen

30 g Quark
250 g Dinkelmehl
2 TL Backpulver
1 Möhre
90 g Butter
1 kleine Zucchini
Kräuter nach Wahl

Zubereitung

1. Den Ofen auf 180 Grad Ober- und Unterhitze vorheizen und ein Backblech mit Backpapier auslegen.

2. Die Zucchini und die Karotte waschen und mit einer Reibe fein raspeln. Gehackte oder getrocknete Kräuter zu dem Gemüse geben.

3. Nun die Butter und alle anderen Zutaten zu dem Gemüse geben und alles zu einem Teig verkneten.

4. Aus dem Teig fingerdicke Stangen rollen und diese auf dem Backblech auslegen.

5. Die Stangen im Ofen etwa 15 Minuten backen und anschließend abkühlen lassen.

Leckere Dinkelstangen mit Apfel und Banane

Zubereitungszeit: 30 Minuten

Zutaten für 25 Stangen

50 ml Rapsöl
220 g Dinkelmehl
1 reife Banane
1 Apfel

Zubereitung

1. Den Ofen auf 180 Grad Ober- und Unterhitze vorheizen und ein Backblech mit Backpapier auslegen.

2. Die Banane schälen und das Fruchtfleisch mit einer Gabel zerdrücken. Den Apfel schälen und mit einer Reibe raspeln. Die Früchte mit dem Mehl und dem Öl zu einem Teig verkneten.

3. Aus dem Teig kleine Stangen formen und auf dem Backblech platzieren. Für etwa 25 Minuten backen und anschließend abkühlen lassen.

Köstliche Brokkoli-Couscous-Kugeln

Zubereitungszeit: 40 Minuten

Zutaten für 10 Kugeln

1 Tasse Couscous
1 Brokkoli
½ Tasse Semmelbrösel
1 Zwiebel
1 EL salzarme Gemüsebrühe
2 Eier
1 Tasse geriebener Gouda

Für Erwachsene und Kinder ab 1 Jahr
Salz
Pfeffer

Zubereitung

1. Den Brokkoli waschen, in Röschen teilen, in heißem Wasser gar kochen und abkühlen lassen.

2. Den Couscous mit 2 Tassen heißem Wasser übergießen, die Gemüsebrühe hinzufügen und etwa 10 Minuten quellen lassen. Gelegentlich umrühren.

3. Die Zwiebel pellen, sehr fein würfeln, in zerlassener Butter andünsten und beiseitestellen.

4. Den Brokkoli zerbröseln und mit dem Couscous, den Zwiebeln, den Semmelbröseln, den Eiern und dem Gouda vermengen. Aus der Masse Kugeln formen. Für Erwachsene mit Salz und Pfeffer würzen.

5. Etwas Öl in einer Pfanne erhitzen und die Kugeln von beiden Seiten einige Minuten anbraten. Abkühlen lassen und servieren.

Tipp

Die Kugeln können eingefroren und für einen späteren Verzehr wieder aufgetaut und aufgewärmt werden.

Schnelle Kern-Bites

Zubereitungszeit: 30 Minuten

Zutaten für 15 Stück

150 g gemischte Kerne (Sonnenblumen- oder Kürbiskerne)
130 g Haferflocken
80 g Dinkelmehl
120 g Kokosöl, flüssig
90 g Datteln

Zubereitung

1. Den Ofen auf 180 Grad Ober- und Unterhitze vorheizen und ein Backblech mit Backpapier auslegen.

2. Die Datteln in einer Schüssel mit heißem Wasser einweichen und anschließend beiseitelegen.

3. Die Körner mit dem Mehl und den Haferflocken in einem Mixer mixen, bis sie gut vermischt sind und anschließend die Körner-Mehl-Mischung in eine große Schüssel geben.

4. Das Dattelwasser abgießen und die Datteln mit einer Gabel zu einer Paste zerdrücken.

5. In der Schüssel mit der Körner-Mehl-Mischung die trockenen Zutaten hinzugeben und vermengen. Nun das Kokosöl und die Dattelpaste hineingeben und alle Zutaten miteinander zu einer Kugel verkneten.

6. Die Masse nun auf dem Backpapier verstreichen und für 15 Minuten im Ofen backen.

7. Die Masse mindestens eine Stunde im Backblech abkühlen und anschließend im Kühlschrank erneut für eine Stunde erkalten lassen. Nun kann die Masse mit einem scharfen Messer in 15 gleichgroße Schnitten geschnitten werden.

Süßes

Selbstgemachtes Bananeneis ohne Eismaschine

Zubereitungszeit: 15 Minuten

Zutaten für 10 Eisstiele

2 Bananen
Vanillepulver
10 Eisstiele
10 Muffinförmchen

Zubereitung

1. Die Bananen schälen, in Stücke brechen und in einem Gefrierbeutel etwa 3 Stunden einfrieren.

2. Die Bananen nun in einem Mixer mit etwas Vanillepulver cremig mixen.

3. Die Muffinförmchen mit dem Eis füllen, je 1 Stiel reinstecken und für etwa 1 Stunde einfrieren.

Cremiges Blaubeer-Joghurt-Eis am Stiel

Zubereitungszeit: 10 Minuten

Zutaten für 6 Eisförmchen

150 g Blaubeeren
170 g griechischer Joghurt
6 Eisförmchen

Zubereitung

1. Die Blaubeeren waschen, ggf. verlesen und einige davon beiseitelegen. Die restlichen Blaubeeren vermischen und den Joghurt cremig rühren.

2. Den Joghurt abwechselnd mit dem Blaubeerpüree in die Eisförmchen schichten und ab und zu eine der beiseitegelegten Blaubeeren dazwischen schieben.

3. Die Eisförmchen für mindestens 4 Stunden in die Tiefkühltruhe geben.

Weiche Beerenschnecken ohne Zucker

Zubereitungszeit: 40 Minuten

Zutaten für 15 Schnecken

1 Ei
200 ml Milch
80 g weiche Butter
4 Datteln
1 Würfel Hefe
500 g Dinkelmehl
125 g Beerenpüree
1 EL Ceylon-Zimt

Für Erwachsene und Kinder ab 1 Jahr
1 EL Zucker
½ TL Salz

Zubereitung

1. Den Ofen auf 18 Grad Ober- und Unterhitze vorheizen und eine Auflaufform mit Backpapier auslegen.

2. Die Datteln in Milch etwa 10 Minuten einweichen, herausnehmen und anschließend pürieren.

3. Die Milch nun handwarm erhitzen und die Hefe und die Butter darin etwa 5 Minuten stehen lassen. Das Mehl und das Ei hineingeben, (für Erwachsene den Zucker und das Salz hinzugeben) alles etwa 5 Minuten zu einem Teig verkneten und etwa 1 Stunde zugedeckt ruhen lassen.

4. Das Beerenpüree pürieren und durch ein Sieb streichen, um die Kerne zu entfernen.

5. Den Hefeteig auf einer bemehlten Arbeitsfläche ausrollen, mit dem Püree bestreichen und mit dem Zimt bestreuen. Zu einer Rolle aufrollen und in 15 gleichgroße Stücke schneiden.

6. Die Rollen aufrecht in die Auflaufform setzen und im Ofen etwa 25 Minuten backen. Abkühlen lassen und servieren.

Fruchtige Erdbeer-Kokos-Scones

Zubereitungszeit: 30 Minuten

Zutaten für 10 Scones

130 g Erdbeeren
250 g Dinkelvollkornmehl
70 g Dinkelmehl
3 TL Backpulver
1 Ei
60 g sehr kalte Butter, gewürfelt
80 ml Buttermilch
50 g Kokosraspel

Zubereitung

1. Den Ofen auf 200 Grad Ober- und Unterhitze vorheizen und eine Auflaufform mit Backpapier auslegen.

2. Die Erdbeeren waschen, vom Strunk befreien und in kleine Stücke schneiden.

3. Das Mehl mit dem Backpulver in einer Schüssel vermengen. Nun die Butter zum Mehl geben und mit den Fingerspitzen ins Mehl einarbeiten, sodass eine krümelige Masse entsteht.

4. Die Hälfte der Erdbeeren mit der Hälfte der Kokosraspeln vermengen, zum dem Teig geben und mit dem Ei alles zügig miteinander verkneten.

5. Den Teig zu einem 3 cm hohen Block formen und die Scones mit einem bemehlten Dessertring ausstechen. In die Auflaufform setzen und etwa 20 Minuten backen.

Süße Hirsebällchen

Zubereitungszeit: 45 Minuten

Zutaten für 30 Bällchen

250 ml Milch
125 g Hirse
15 g Datteln
30 g Rosinen
20 g feine Haferflocken
Ceylon-Zimt
gemahlene Haselnüsse

Zubereitung

1. Die Hirse in einem Sieb abwaschen und in einem Topf mit der Milch aufkochen lassen. Die Hitze reduzieren, alles kurz köcheln lassen, dabei gelegentlich umrühren.

2. Die Datteln in kleine Stücke schneiden und mit den Rosinen und den Haferflocken zu der Milch geben. Etwa 10 Minuten quellen lassen. Nach Belieben mit Zimt verfeinern.

3. Die Masse handwarm abkühlen lassen und mit feuchten Händen zu kleinen Bällchen formen. Zuletzt in den Haselnüssen wälzen und auf einem Teller platzieren.

Weiche Kokos-Waffeln

Zubereitungszeit: 20 Minuten

Zutaten für 6 Waffeln

60 g getrocknete, weiche Aprikosen
50 g Kokosöl
100 ml Hafermilch
200 g Kokosmilch
180 g Dinkelmehl
50 g Kokosflocken
1 TL Backpulver

Zubereitung

1. Die Milch, das Kokosöl, die Kokosmilch und die Aprikosen in einem Topf erhitzen, bis alles warm und geschmolzen ist. Nun alles mit einem Pürierstab pürieren.

2. Das Mehl, das Backpulver und die Kokosflocken zu der Milch geben und alles zügig miteinander verrühren.

3. Die Waffeln nacheinander in einem vorgeheizten Waffeleisen ausbacken.

Weiche Quarkkeulchen mit Apfelmus

Zubereitungszeit: 25 Minuten

Zutaten für 20 Keulchen

1 Ei
500 g Magerquark
500 g gekochte Kartoffeln vom Vortag
4 EL Mehl
Abrieb einer Zitrone

Außerdem
Apfelmus, selbstgemacht oder gekauft ohne Zuckerzusatz

Zubereitung

1. Die gekochten Kartoffeln schälen und mit einem Kartoffelstampfer zu Püree verarbeiten. Nun den Quark und das Ei unterheben und mit der Zitronenschale verrühren. Sollte der Teig zu feucht sein, etwas Mehl untermischen.

2. Aus dem Teig Quarkkeulchen formen und in einer Pfanne mit heißem Öl von beiden Seiten etwa 5 Minuten braten. Die Quarkkeulchen auf einem Küchentuch beiseitelegen und abkühlen lassen.

3. Die Quarkkeulchen mit etwas Apfelmus servieren.

Leckere Pfirsich-Pfannkuchen

Zubereitungszeit: 20 Minuten

Zutaten für 10 Pfannkuchen

300 ml Milch
50 g Butter
2 Eier
100 g Kokosmehl
100 g Dinkelmehl
1 TL Backpulver
2 Pfirsiche

Zubereitung

1. In einem Topf die Butter zerlassen und darin die Milch mit den Eiern verquirlen. Nun die Mehle miteinander vermischen und auch in die Milch rühren.

2. Die Pfirsiche waschen und in Spalten schneiden.

2. In einer Pfanne etwas Öl erhitzen und darin je 3 kleine Pfannkuchen ausbacken. Vor dem Wenden einige Pfirsichspalten auf dem Teig platzieren.

3. Die Pfannkuchen auskühlen lassen und mit eventuell übrig gebliebenen Pfirsichspalten servieren.

Zuckerfreie Möhrenhörnchen

Zubereitungszeit: 40 Minuten

Zutaten für 2 Bleche

250 g Butter
300 g Dinkelmehl
1 TL Backpulver
200 g Möhren
200 ml zuckerfreie Pflaumenmarmelade

Zubereitung

1. Die Möhren schälen und mit einer Reibe fein raspeln. Die Butter in 1cm große Würfel schneiden. Nun beides mit dem Mehl und dem Backpulver verkneten, sodass ein homogener Teig entsteht. Den Teig etwa 40 Minuten in den Kühlschrank geben.

2. Den Backofen auf 180 Grad Ober- und Unterhitze vorheizen und zwei Backbleche mit Backpapier auslegen.

3. Den Teig gleichmäßig dritteln und ausrollen. Den Teig dünn mit der Marmelade bestreichen und in je 12 Pizzastücke schneiden. Die Stücke vom dickeren Ende her aufrollen und auf das Backpapier setzen.

4. Die Möhrenhörnchen nun etwa 20 Minuten backen, auskühlen lassen und servieren.

Warmer Pfirsich mit Muskatnuss

Zubereitungszeit: 10 Minuten

Zutaten für 1 Baby

70 g Pfirsich, geschält
1 Msp. Muskatnuss
1 Msp. Vanillepulver
½ TL Wasser

Zubereitung

1. Den Pfirsich in Spalten schneiden. Geben Sie nun alle Zutaten in einen kleinen Topf und erwärmen Sie alles unter gelegentlichem Rühren auf mittlerer Hitze etwa 5-10 Minuten, bis die Pfirsiche weich und warm sind.

2. Alles leicht abkühlen lassen, in fingerdicke Stücke schneiden und in einer Schale servieren.

Gebackene Zimt-Birnen

Zubereitungszeit: 50 Minuten

Zutaten für 2 Erwachsene und 1 Baby

3 Birnen
2 TL Ceylon-Zimt
50 ml Wasser

Zubereitung

1. Den Ofen auf 180 Grad Ober- und Unterhitze vorheizen und ein Backblech mit Backpapier auslegen.

2. Die Birnen waschen, schälen und in Stücke schneiden. Die Früchte nun auf das Backblech legen und mit Zimt bestreuen. Mit etwas Wasser bespritzen und erneut mit Zimt bestreuen.

3. Die Birnen mit Alufolie abdecken und etwa 30 Minuten backen. Abkühlen lassen und servieren.

Leckerer Kokosnuss-Beeren-Pudding mit Chiasamen

Zubereitungszeit: 10 Minuten

Zutaten für 2 Erwachsene und 1 Baby

1/2 Dose Kokosmilch
1/2Banane
50 g Beeren nach Wahl
20 g Chiasamen

Zubereitung

1. Alle Zutaten bis auf die Chiasamen in einem Mixer zu einer glatten Masse pürieren. Die Masse in eine Schüssel geben und mit den Chiasamen verrühren.

2. Die Mischung in 3 Gläser geben und über Nacht in den Kühlschrank stellen.

3. Mit einigen frischen Beeren garnieren und servieren.

Zuckerfreie Apfeltaschen

Zubereitungszeit: 40 Minuten

Zutaten für 20 Taschen

1 Ei
250 g Dinkelmehl
1 TL Trockenhefe
100 ml lauwarme Milch
20 g gemahlene Haselnüsse
2 Äpfel
40 g Rosinen
Etwas Milch zum Bepinseln

Zubereitung

1. Den Backofen auf 200 Grad Ober- und Unterhitze vorheizen und zwei Backbleche mit Backpapier auslegen.

2. Die lauwarme Milch mit der Hefe und dem Ei vermischen. Nun nach und nach das Mehl einrieseln lassen und alles zu einem glatten Teig verkneten. Den Teig an einem warmen Ort für 45 Minuten gehen lassen.

3. Währenddessen die Äpfel schälen und das Fruchtfleisch in grobe Würfel schneiden. Etwas Wasser in einen Topf geben und darin die Äpfel weich garen. Die Rosinen und die Haselnüsse nun unterrühren und den Topf vom Herd nehmen.

4. Nun je ein wenig Teig abzupfen, mit den Fingern rund formen, mit der Apfelmasse befüllen und zusammenklappen. Die Apfeltaschen auf die Backbleche setzen und mit etwas Milch bepinseln.

5. Die Apfeltaschen im Ofen etwa 15 Minuten backen und vor dem Servieren abkühlen lassen.

Impressum

1. Auflage

 Herausgeber, Lektorat und Cover: B.Badek, Carl-Isenmann-Straße 5, 77723 Gengenbach, Coverfoto: depositphotos.com. Sämtliche, hier dargestellten Inhalte, dienen somit ausschließlich der neutralen Information. Sie stellen keinerlei Empfehlung oder Bewerbung der beschriebenen oder erwähnten diagnostischen Behandlungsweisen oder Arzneimittel dar. Dieses Buch erhebt weder einen Anspruch auf Vollständigkeit noch kann die Aktualität und Richtigkeit der hier dargebotenen Information garantiert werden. Dieses Buch ersetzt keinesfalls die fachliche Beratung durch einen Arzt oder Apotheker und er darf nicht als Grundlage zur eigenständigen Diagnose verwendet werden. Ebenso ist bei Beginn einer Behandlung mit den beschriebenen Wirkstoffen auf jeden Fall vorher ein Arzt zu Rate zu ziehen. Die Autorin und die Herausgeber übernehmen keine Haftung für Unannehmlichkeiten oder Schäden, die sich aus der Anwendung der hier dargestellten Information ergeben.

Printed in Poland
by Amazon Fulfillment
Poland Sp. z o.o., Wrocław

50201031R00078